지심도의 봄

책 만 드 는 집   시인선 078

지심도의 봄

양
재
성 시
집

책만드는집

두 번째 시집을 펴내며

2012년부터 거제문인협회 회장직을 맡아 바쁜 시간을 보냈다. 해마다 반복해서 옥포대첩백일장, 거제선상문학축제, 전쟁문학세미나, 유배문학세미나, 해변시낭송콘서트, 한글날백일장, 청마문학제 및 백일장, 전국청마시낭송대회, 거제예술제시낭송대회, 시화순회전시회, 문학기행, 거제문학출판회 등의 행사를 치러왔다.

특히 한국문인협회와 공동으로 2014년 한국문학심포지엄, 2015년 거제유배문학세미나 등 전국 규모의 1박 2일간 행사를 거제도에서 연이어 주관하였다. 많은 분들의 도움으로 행사를 성공적으로 마무리하였고, 덕분에 거제문협의 위상을 드높였다는 평가를 받고 있다.

그 와중에 짬짬이 쓴 글편들을 모아 내심 부족하나마 두 번째 시집을 내게 되었다. 주로 관찰자 또는 관조의 심경으로, 혹은 비판적인 시각에서 쓴 글이 더러 있음은 직업의식 때문인지도 모른다. 일정에 쫓겨 부랴부랴 퇴고를 하고 나니 아쉬움이 많지만 후일을 기약하기로 한다.

강의와 논문 심사 등으로 바쁘심에도 불구하고 졸고의 해설을 맡아주신 중앙대학교 이승하 교수님께 다시금 감사의 인사를 드린다. 그리고 늘 곁에서 크고 작은 일들을 몸소 챙겨주시고 표문까지 써주신 고영조 큰형님께 마음의 큰절을 올린다.

아울러 이 시집이 나올 수 있도록 지원해주신 경남문화예술진흥원과 책만드는집 김영재 사장님께 감사의 인사를 드린다. 그리고 항상 곁에서 응원해주신 경상대학교 김병두 법무학과장님과 사무실의 든든한 직원들께도 고마운 마음을 전한다.

올겨울이 지나고 나면 어깨가 한결 가벼워질 것 같다.

－2015년 늦가을
고현동에서 양재성

2부 저울

3부　기상예보

1부

넥타이

HB

날을 갈고 세우며 딴 세상을 그린다
지우개의 달콤한 유혹도 외면한 채
한평생 품어온 심지 꺾지 못할 통나무
네 결코 칼날을 두려워 말라
살점이 쓱싹 베어지는 아픔 없이는
칼날보다 더 날카로운 예지를 벼릴 수 없으니
네 뼈를 깎지 않고서야
어찌 외진 곳의 신음 소리가 들린다더냐
두려우면 볼펜이나 만년필이 되라
그리하여 저항할 수 없는 중력에 순응하며
부르는 대로 받아쓰고
채운 먹물을 호사스레 뿌릴 일이거니
더는 굽힐 수 없는 까닭에
욕조에 머리통이 잠기거나 혹은
밀실 철봉에 거꾸로 달려
허리 꺾어 혼절해도 굴하지 않을
여섯 번씩 모난 너의 이름 HB

C 병동*

침묵으로 저항하며
묵은 빚을 독촉하는 또 다른 나를 쫓아
도망칠 곳 없는 외길 벼랑 끝에서
종기를 진주로 연금하는 조개의 마법인 양
우윳빛 혈관 속의 메스꺼운 삼투압
만신창이 된 넋을 링거 줄로 결박한 채
적분된 찰나를 하루치씩 덜어내어
방울방울 파장으로 미분하며 지새우는 곳
첫사랑처럼 사미계도 없이 사라져간
찰랑거리던 머리카락의 기억들을 모아
휠체어로 타래 삼고 쪽을 짓는 꿈
가뭄처럼 증발하는 피골과 패인 안구로
헝클어진 유전자의 매듭을 풀어가는
갠지스 강변의 구도자를 닮은 사람들

* 암 병동.

12

기포, 그 두려움

간밤에 머리맡에 떠둔 자리끼
투명한 유리잔 벽에 맺혀
진주처럼 혹은 암세포처럼
점점 커져가는 기포들
공간을 감쪽같이 숨겨 온 물과
물속에서 저런 우주를 만드는 기포에의 경외
아, 매일 밤 저 물을 마셔온
내 안에도 이미 자라고 있을
배신의 음모처럼 알 수 없는 두려움
달리 열 받음 없이도
소리 흔적 없이 떠나버릴
결코 붙들어 맬 수 없는 투명의 공간
허망인지 희망인지조차 모를
내 안의 거품, 거품들

화살

삼십 년 전 그는
예리한 비상을 꿈꾸던 한 대의 애기살
여섯 자 근사치의 우뚝 선 수직의 중심
태산 같은 침묵을 깨뜨린 거문고 같은
그의 시위가 눈동자를 꿰는 그 순간까지도
공중을 가르는 우아한 그의 비행이
바람과 중력의 유혹에도 흔들림 없이
오로지 곧게만 나는 줄 알았던
그러나 뱀장어 혹은 만취한 귀갓길처럼
뒤틀린 유영의 연속이라는
현미경처럼 해체된 진실 앞에서
아뿔싸, 뒷걸음 물러나려 했을 때
연모로 겹가슴 중심을 관통당한
스무 살 갓 넘긴 얼룩진 과녁

아프고도 팽팽한 시간이 휘어지고
풀린 활시위 힘줄 그리운 날

새벽 방광처럼 터질 듯한 반탄을 접고
꿰맨 두려움에 울어 목젖 타버린
벽난로 옆 사슴뿔에 걸린 헤낡은 각궁角弓

폐교에서

멈춤을 거부하는 은행나무는
때맞춰 노란 잎과 그늘을 출납하고
가르침이란 뙤약볕 아래서
풀잎을 갉는 애벌레의 발자국 같은 것
다만 그들을 대신하는 계절과 숲은
재잘거리던 빈자리를 물끄러미 지켜볼 뿐
떠난 자는 하마 기억조차 없는데
녹내장 앓는 동상보다도 위대하고픈
기증자의 선명한 이름과 공덕비
낡고 닳은 관절마저 없는 연유로
선 채로 갈비뼈가 삭아만 가는 늑목들

갈증은 스스로 부끄러운 허기를 낳고
강목을 알 수 없는 조류들의 이착륙과
그 흔적으로 식물도감에서 발아된
뿌리를 내릴 수 없는 시간의 날갯짓
구름의 골짜기를 무딘 날로 벼르던 날

16

가까운 기억과 얼굴들을 하나씩 지워가다
끝내 자신마저 삭제하고 유아기로 되돌아간
노모의 치매처럼 뭉텅뭉텅 사라지는 영상
폐교 동상 그늘로 숨어든 여름 한나절

꿈꾸는 발효

양철집 비닐하우스라 깔보고
막걸리며 맥주를 흔들어대지 마라
허기로 가득 찬 분노가 깨어나리니
향기 나는 위스키며 샴페인도
더는 그들 앞에서 터뜨리지 마라
덧댄 뒤축이 닳도록 빚에 쫓기고
번번이 속고 속아 문드러진 억장이
갈치 내장 젓갈처럼 부글부글 게우다가
뚜껑이 열리는 순간 폭탄처럼 널브러져
격조의 그 식탁이 온통 쑥밭 되리니
그들은 일찍이 그 두려움을 알기에
창살은 더 두껍게
창문은 더 어둡게
뚜껑은 더 죄고 틀어막는 오늘

아직도 우울한 거리에는
처절한 하루를 숙성시키지 못한

기한 넘은 막걸리며 김빠진 맥주가
거품처럼 사라져간 효모를 기다리며
내일의 발효를 꿈꾸는 중

불면의 주파수

짧은 햇살에 몸을 데운 작은 갑충처럼
나른함에 젖은 견갑골 인대를 늘이는 시간
까닭 없이 셋째 갈비뼈가 가려워
주름 속으로 몸을 감춘 애벌레는
치명적인 식충 꽃의 유혹에 넘어가
끈적임으로 몸부림치며 흰 달빛을 슬퍼하고
대기권과 전리층을 밤새 오가며
기어이 공진주파수를 찾아낸 다이얼은
귓바퀴를 파고들어 이명처럼 우는데

사마귀처럼 몸을 숨긴 하얀 밤이
계단을 오르는 어둠의 소리를 낚아챌 때
남몰래 손가락 끝을 깨물어
돌아갈 표식을 핏방울로 남기던 그니가
죽염처럼 일곱 번씩 압축된 파일들을
변기에 던지고 망설임 없이 밸브를 누르는
소스라친 가위눌림

감각의 영역을 침식당한 신경다발 위로
백색잡음 속의 비밀을 찾는 암호병처럼
사라져간 환영들을 더듬으며
검은 건반 위에 멈춘 핏빛 눈동자

장기 출장

말없이 나선 새벽 출근길
양복을 지하철 보관함에 사려 넣고
일당 잡부로 화장실을 나섰지만
오늘도 위아래만 훑어보고 떠나버린 인력차
굳이 누가 묻지도
실상 있지도 않은 상사 험담이며
회사 사정이 조금씩 나아진다는 말을
애써 외면하는 아내의 등 뒤에다
습관처럼 흘려온 지 벌써 한 해

배회하는 공원의 장기판과
무료 급식소 국밥으로 때운 허기는
반년짜리 현장 인부 모집 광고지의
붉은 글자마저 흐릿하게 덮은 혈당
벌써 구면이 된 사람들이 하나둘씩
지하도며 대합실로 박스 깔고 눕는 시간
집 골목 어귀에서 그림자 뒤로 숨어

일 나갔던 아내와 아이들을 지켜보다
구겨진 넥타이를 다시 고쳐 매고
내일부터 장기 출장이라며 들어서는 저녁

실루엣을 보다

철조망처럼 뒤틀린 유전자 낙관은
여남은 세대를 훌쩍 넘고서야 긴 잠에서 깨고
합죽선의 화조도 담채의 날개를 퍼덕이며
검은 포자를 세상 밖으로 털어낼 때
주름진 안면의 골짜기를 거스르는 바람과
태풍 휩쓸고 간 포도밭의 송이 포도처럼
막장에서 각혈하던 진폐증 환자의 엉성한 폐포에
실성한 넋두리처럼 쌓이는 주름
아, 무한한 확장의 가능성을 비축한
힘껏 오그리고 움츠려 응축된 ㄱ 힘

선대의 은원을 대물림한 촌부의
재해에도 탕감받지 못한 채무 상환 독촉장처럼
끈질기게 매달리는 중력을 떨쳐내며
퍼석한 골반과 고관절로 동여진 교각의 틈새에서
서늘한 간담 혹은 끓는 심장의 메시지와
냉온열의 무쌍한 대류와 전도를 견디며

긴축과 이완을 반복해온 부교감계의 단말
구차한 가문을 끈질기게 지켜낸
겨우내 매달려 얼어붙은 유자마냥
동굴 속 박쥐처럼 매달린 주름 주머니

반추의 계절

O, X부터 선택형에 논술까지 타인이 낸 문제의 강요된 답을 찾아 자신과 무관한 숙제를 푸느라 반세기를 훌쩍 보낸 지금 내게 남겨진 것이라고는 볼펜 자루에 끼운 몽당연필 두엇과 날 무딘 녹슨 칼 하나,

십 리 길 장터로 이고 간 몇 단의 남새와 어렵사리 맞바꾼 고등어의 대가리가 더 맛있다는 노모의 빈말이며, 배와 사람이 따로 놀면 멀미에 쓴물까지 토하고 쓰러지듯 그들이 만든 틀을 벗어나면 따돌림에 외톨이가 된다는 말뜻을 겨우 알아챈 요즘, 어둠을 타고 밀려오는 알수 없는 잿빛 두려움 속에 나날이 쌓여가는 불면의 밤이면 곱씹어 보는 지나간 오늘들

넥타이

남자라고 다 어찌 흔들림이 없으랴
가끔씩은 일탈을 꿈꾸기도 하지만
막다른 생사의 기로 죄어오는 올가미
사노라면
졸라매야 할 데가 어디 하나둘이던가
머리띠부터 신발 끈이며 허리띠까지
쌓이는 압박과 늘어가는 눈치에
출구를 향한 몸부림과 분노는 사라지고
비에 젖은 참새처럼 쪼그라든 가슴엔
어느새 체념이 똬리를 튼 지 오래
단잠에 든 처자들의 얼굴이
곡마단의 관객처럼 오버랩 되어 오는
외줄 같은 내일의 거울 앞에서
이제는 풀려날까 두려워
이른 새벽부터 제 스스로의 목에
칭칭 동여매고 나서는 질긴 쇠사슬

늪

겨울 한 철을 견디지 못한 야윈 꿈은
승차권에 모자란 주머니 속 동전마냥
한 줌 햇살마저 매몰차게 거두어
야속하게 떠나버린 태양을 그리매
어둠을 삼킨 채 침묵하는 대지 위
신의 사과 같은 행성의 박쥐처럼
숱한 밤을 퍼덕이며 날아올라
공제선을 눈앞에 둔 팔부 능선쯤에서
명예는 사라진 명예퇴직자로 밀려나고
조직표에서 삭제된 이름 석 자
구직자 명부에서 졸업사진처럼 바래가는
붙잡을 곳 하나 없는 삶의 내리막길
가속도를 못 이긴 부러진 손톱들만
애꿎은 생채기로 등짝을 파고들 때
조각난 어제의 기억들만 덩그렇게 남아
낡은 단청처럼 핏빛으로 묻어나는
겨울 한파 속의 볼 시린 꿈

오발탄

GPS 정밀 위성 측량에 포물선궤도의 메트로를 대입하고 최적의 장약으로 발포하지만 번번이 표적을 벗어나는 제대로 잡히지 않은 조준선과 흩어진 탄착점, 숨어 마신 술의 곱절로 게거품을 토해내던 얼차려와 만기제대 후에도 반납되지 않은 군기며 암기 사항은 제대 후에도 또다시 징집되어 끌려가는 악몽의 뇌관으로 남고, 고참과 졸병들의 이름들이 기관총 탄창 꾸러미처럼 어깨를 짓누르는 불침번 같은 밤이면 습관처럼 발사되는 나의 곡사포는 매번 오발탄

치매라는 이름

가설극장의 낡은 필름마냥
잘린 기억을 시래기처럼 엮다 말고
뜬금없이 꺼내어 새김질하는 말은
이 형편 저 눈치로 가슴에 묻어온
마른 개떡처럼 서러운 넋두리인 것을

유아기의 꿈속에서 깜박 돌아와
깨물어 안 아픈 손가락이 어디 있냐며
마른 눈물로 주름 골을 훔치는

아, 치매라는 것이
숨을 거둘 순간까지도
차마 자식 걱정에
편히 눈 못 감을 줄 알고
이제 다 내려놓고 잠시 쉬다 가시라는

어여삐 여긴 신의 섭리요

갸륵한 배려인 것을
나 이제야 알았습니다

노모차

반백이 넘게 품은 알들은 깨어
푸른 날갯짓으로 퍼덕이며 떠나고
깨진 껍질 잔해처럼 앙상한 등골과
말라버린 우물처럼 붙은 젖가슴
이따금씩 스치는 바람 같은 서운함과
천근의 무게로 오는 뼈마디
밀고 가는 빈 둥지가 위태로워
체념의 돌멩이를 두엇 담아 싣고
바람결에 흩어지는 기억들을 붙잡으며
보금자리 찾아가는 인파에 밀려
환승역을 향해 밀고 가는 낡은 노모차

해찰

오후 새참 술심부름 가는 길
징검다리 열댓 개 놓인 샛강
널따란 돌 아래 피라미 쫓아
옷 젖는 줄 모르고 놀다
해거름에서야 생각난 술 주전자
허겁지겁 뛰다 절반도 넘게 쏟고
한참 혼쭐났던 오래전의 기억

지금 나의 글놀이가 그런 듯
중천이든 도솔천이든 얼른 건너야 하건만
가랑비에 마음 젖는 줄 모르고
너무 오래 놀았다
긴 해찰이다

무리를 짓다

화왕산 억새밭이 장관이다
떼 지은 혹은 무리 지은 것들로부터
뿜어나는 아름다움과 두려움
낱, 혼자, 따로는 사라지고
광화문광장의 붉은 응원단처럼
밀림을 휩쓸고 가는 군대 개미처럼
전율로 다가오는 공포와 광기
낱낱이 모여 떼를 지으면
저런 힘과 공포가 쏟아지는가

아, 나를 무리 짓는 것은 무엇이며
무리 지은 나로부터의
한없는 어리석음과 답 없는 물음은
도대체 어디부터이며 또한
언제까지이런가

2부
저울

유등

숫대 끝에 걸린 전설이며
철새가 물어 온 설국의 신화가
갠지스의 성자처럼 씻기고 바래져
남가람 모래톱 어귀에서
밤의 물레로 타래를 풀 때
빛줄기로 나투는 별자리 꿈자리들

아린 강물에 젖은 마음은 아닐지나
불꽃으로 활활 타오르지 못하고
제 안으로
그 속으로만 태워야 하는

얼마나 더 비우고 가벼워져야
침묵의 사위를 도려내고
어둠의 경계를 태우는 등불 되는가

저울

누구나 저울을
하나쯤은 품고 산다

그러다 제 저울에
누군가를 올려놓고
좌우로 저울질을 할 때가 있다

그럴 때
어느 쪽에
무언가를 더 얹지 말라

오히려
조금씩
덜어가며 잴 일이다

그래야 가볍다
서로 가볍다

나비경첩

날개가 있되 펄럭일 수도 없고
더더욱 날 수 없음은 숙명인 것
가문과 규중의 은밀함 지키는 연유로
어쩌다 전답이며 노비 문서가 드나들 때
몇 번이나 날개를 파득거려보았던가
모시 적삼 곱게 입고 홀홀 나는
아낙의 한숨으로 침착된 꿈은
삼우제를 지내고도 서너 달이 지나
새댁 등살에 폐기물 딱지를 단 채
더께로 앉은 시간의 푸른 녹을 털며
세상으로 나온 청동 호랑나비의
오백 년도 넘은 구릿빛 날갯짓

송화

입 덜자고 보내진 열세 살 머슴아이의 부지런함이 눈
에 든 천석꾼 상전의 데릴사위가 된 사내가 쑥덕이는 이
웃과 홀로 남겨진 외동딸의 솔잎처럼 날카로운 질투 속
에서 오로지 찾아 선 출구치고는 역마살을 핑계로 장터
와 투전판을 떠돌며 숱한 염문의 씨앗을 퍼뜨리는 일, 외
동 마님이 아무리 대문이며 빗장을 닫아걸어도 이맘때
면 어김없이 찾아들어 안방을 차지한 채 마을을 온통 노
란 애깃거리로 뒤덮던 송화 같은 사내, 이름은 꽃이지만
꽃잎도 향기도 없어 벌 나비도 찾지 않는 파리 번데기 같
은 몸을 노란 봄볕에 곱게 찧어 타는 불길처럼 공중에 온
통 흩뿌리다 여인의 눈물 같은 빗줄기에 역마처럼 씻기
어 가고 나면 생솔 가지 마디 사이 매달려 울고 있을 사
내의 포자를 닮은 솔방울 소리들

대나무

인적 끊긴 오두막 뒤란에서
울타리 넘을 때 초병 두엇 세우고
갈라진 구들장 사이로 고개 내밀어
두고 간 세간들을 살피는 척후병처럼
본능처럼 마른 대지의 물기를 빨아올려
먹구름 위로 검게 분노한 뇌우 속
노한 하늘의 심기를 재는 피뢰침 같은 죽순

새파랗게 질린 하늘가
폐병으로 일찍 죽어 몽달귀가 되었다던
본 적 없는 큰아재의 하얀 얼굴과
벌어진 굿판 너머 대나무 숲 위
창백한 낮달의 환영처럼 홀로 울 적에

소나무처럼 점잖은 나이테를 갖지 못하여
풀도 나무도 아닌 서자의 삶처럼
서러운 속을 비우고 비워 한없이 가벼운
부러짐 없이 푸르고 유연한 지조

오징어

평생토록 갈은 먹물
가슴에 품고
온몸 붓이 되어 시를 적다가
갯바람 따라나선
피데기 덕장

하얀 달빛 가루 빻아
백분 곱게 칠하고
소신공양 기다리는
바다 등신불

귀천 행렬

헤라의 흩어진 목걸이를 찾아
알타미라 동굴에서 창칼 벼리고
완전무장 진격하는 철갑의 군단
삼지창 양손에 비껴 꼬나들고
잰 듯 옆걸음질로 견주어도 보며
마파람에 잽싸게 숨기도 하고
때로는 거품 물고 덤벼도 보지만
굳게 입을 다문 진주조개 무리들
혹한의 심해 수색 임무 종료에
두레박 통발 타고 한증실에 들어
마사이 전사처럼 온몸 붉게 칠하고
쌍둥이들 기다리는 별자리 찾아
귀천들 하시려고 대기 중인가
용맹스런 무장공자* 철갑전사들

* '게'를 일컫는다.

불능범

가혹한 심문과 수사 끝에 공개재판정에서의 선고는 가석방 없는 무기수, 이십 년 넘게 지속된 방랑 속 범행의 종지부를 찍고 시작된 수감 생활, 빠삐용과 쇼생크의 탈출을 기도하던 음모는 번번이 중지미수로 끝나고, 그러다 노트르담의 꼽추 혹은 쌍봉낙타처럼 등에 혹이 한둘 달리면서 어느덧 장애미수로 변질되었고,

강제 노역과 고문으로 얼이 빠져나간 가여운 사내의 넋은 고성능의 진공청소기 속에서 분쇄되고, 나날이 반복되는 각성으로 쌓여가는 참회의 낟가리, 겨울잠을 자다 삽날에 두 동간 난 채마밭의 지렁이처럼 아직도 살아 꿈틀거리는 미련,

항시 수감자임을 자각케 하고 이를 증명하듯 걸린 현장검증 사진 속의, 포획된 맹수처럼 얼어붙은 무기수 사내와 야생의 늑대를 충직한 사냥개로 길들일 채찍을 드레스 속에 감춘 처녀 조련사의 야릇한 미소

아, 혼인 선고문이 낭독되는 순간부터 그는 이미 탈옥
에의 불능범

대기전력

텔레비전을 보지 않을 때에는
코드를 뽑아야 한다고 말들을 하지만
나는 아직 코드를 뽑지 못합니다

코드를 뽑으면
아직도 내 안에서 맴도는
슬픈 그대의 잔상이 마저 사라질까 봐

날이면 날마다
숱한 잔소리와 따가운 눈총에도
차마 나는 코드를 뽑지 못합니다

행여나 혹시나
그대의 리모컨이 울려오면
즉시로 달려갈 비상대기조

그대의 코드를 뽑지 못하는

나의 심장은

아직도 대기전력인 까닭입니다

독백

차가운 바다에서
죽음의 냄새를 쫓는 임종의 고래처럼
지친 나의 육신이
빙산처럼 차가운 그대의
날카로운 작살에 해체되어
겨우내 이글루에 걸렸다가
그 우아한 손가락과 입술에 녹아
한 점 한 점씩 사라져갈 때마다
점점 그대의 일부가 되어갈
나는 북극의 외로운 고래외다

예감, 그 후

물 같던 나의 생각이
세상의 추위에 얼어붙자
순두부처럼 부드럽던 전두엽마저
어느새 돌처럼 굳어버린 오늘
때로는 굳어짐이란
흔들림이 없어 좋기도 하지만
끈적이는 유혹에 눈과 귀가 멀고
척수를 타고 흘러내린 욕망으로
버려진 자전거처럼 바람 빠진 바퀴들
이제 남겨진 것은 긴 어둠뿐
타고 남은 재의 그림자를 밟으며
일곱 난쟁이의 전설을 뒤로하고
용서할 수 없음에 떠나려 하는가
나 차라리 바윗돌로 되자
아픔과 무안함에 돌이끼 덮어쓰고
새벽이슬만으로 부족이 없는
부처손 두엇 자리 잡도록

고질병

길이 없다
길이 사라지고 없다
손톱에 할퀸 어둠과
창백해진 밤이 길을 모두 지웠다
언제부턴가
찬 바람 불어오는 이맘때가 되면
집 가는 길을 잃고 밤새 헤매는
종기 같은 증상이 도져 솟더니
이제는
계절도 때도 없이 만성이 되어버린
백신도 처방도 없는
불치의 고질병

하현달

요즘 네게 무슨 일이 있나 보구나
얼굴이 반쪽인 걸 보니
원래 그리움이란 게 그런 거란다
다만 그 모든 아픔은
네가 사모하던 해바라기 탓이 아니라
조석 간만 유혹하는 조류에 팔려
터질 듯 부푼 겨운 가슴으로
일탈의 기도와 실행에 착수한
달거리 때마다 도지는
너의 역마와 도화살 때문인 것을
아직도 해바라기는 곱게 피어 있는데

딜레마에 빠지다

명백하다
계약 아님은
사무관리 부당이득
또는 불법행위인가
아니면 단순한 사건 사고인가
유상 무상 편무 쌍무도
증여 교환이나 대차도 아니며
조건도 기한도 없는,
단순 호의도 아니요
달리 이득이나
딱히 손해의 주장도 없는
무효나 취소의 요건조차 사라진
딜레마에 빠진 만남

유치권

쏟은 그리움과
받은 아픔의 대가라며
미운 소금으로 버무려
가슴 깊숙이 꼭꼭 다져 넣고
젓갈처럼 뼈마디가 죄다 삭을 때까지
결단코 한사코 비켜나지 않을
슬픔 가득한 너의 눈동자

지심도

큰 섬 동편 한 줌 떼어 지심도를 빚으니
포구는 양팔 벌려 풍랑을 끌어안고
뒷개며 가실바꾸미 장승포항 꾸렸네
임진왜란 을사늑약 못 버린 왜구 근성
내뱉는 그 망언들 독도마저 눈독 들여
되도는 어제의 교훈 어찌 차마 잊을까
파도 같은 눈물은 바람처럼 통곡하고
천추에 쌓인 한은 동백으로 피었구나
아직도 상흔 가득한 지심도의 눈물꽃

3부
기상예보

몽골 사막에서

생명과 바위를 모래 먼지로 부수고
독차지한 태양을 굴리는 사막의 바람
넓적한 네 발자국을 업보인 양
모래 위에 찍고 지우기를 수천 년
태양을 잉태한 척추를 뚫고
신의 저주처럼 자라난 쌍봉 사이로
신기루 따라 사라져간 사막의 석양
일어설 수 없는 죽음 앞에 애처롭던
젖은 눈의 동공마저 독수리 따라가고
대퇴골과 실성한 두개골만 남아
닳아 시린 틀니를 식히는 곳

차가운 중성의 영혼으로 찬 나의 늑골
잦은 감격은 노화의 징후라던가
젖은 눈시울을 어물쩍 감춰주는 황사 회오리
나침반마저 방향을 잃은 사막의 밤
몽골 천막지붕으로 쏟아지는 별빛 소나기

매기의 추억

청마의 발길 따라 나선 북만주 길
요절한 윤동주의 서시를 무심히 뇌까리며
심드렁 지친 발걸음이 닿은 곳
중국 인민 음악 영웅 정률성기념관

사방을 총총 채운 간자체의 연보 너머로
애잔하게 밀려오는 우리말 노래
돌아갈 수 없는 고국과 고향을 두어버린
영웅 아닌 조선족 노인의 관록 진 주름 위로
깊게 패어 든 그리움의 음영
빛고을 무등산과 동무들 추억에
울컥 메는 목 삼키며 불렀을 노래

옛날에 금잔디 동산에 매기 같이 앉아서 놀던 곳
물레방아 소리 들린다 매기 내 사랑하는 매기야……

방황하던 북만의 젊음을 뒤로하고

연어처럼 회귀하여 스승의 길을 걷다
둔덕골 양지바른 언덕에서 깊이 잠드신
옛 청마를 찾아 나선 하얼빈 언저리에서

꽃

눈 덮인 오름마냥 너울 펼쳐진
깃 세운 파랑에 뛰는 은빛 물고기
무슨 놀이 하는지 해찰하고 있는지
어느 못난 어른이
용궁이 게 있다며 기다리라 했더냐
거기가 어디라고
어쩌자고 너희들만 두고 왔단 말이냐
차디찬 바다 밑에서 얼고 멍들고 부러진
그 형상마저도 꿈속에서조차 보이지 않는
내 새끼들, 내 강아지들

행여 혼이라도 날까 봐
아니면 돌아오는 길을 잊은 게로구나
얘들아, 얘들아……
이제 그만 나오렴
너희들이 어떤 모습으로 나와도
설령 모든 걸 다 잃고 이름표만 돌아와도

우리에게는 예쁜
그저 사랑스럽고 예쁘기만 한
어여쁜 꽃이란다

아무렴, 어여쁜 꽃이고말고
꽃이고말고

* 세월호 사고를 생각하며.

기상예보

서러움 가슴에 맺혀
진달래꽃 따다 말고 울먹이던 처자마냥
체한 노여움과 목메는 서러움에
끝내 울음 터져버린 젊은 잠수사
발끝도 손가락도 닿지 않는
공포에 매달려 몸부림치다
부서지고 녹아내린
지천에 둥둥 널브러진 꽃다발
소금 인형처럼 사라진 하얀 꿈
속절없는 꿈처럼 펄럭이는 리본들
끝없는 기다림과 망연함
시간마저 멎은 통곡의 바다
오늘도 바람이며 파도가 높단다
시종 우왕좌왕 갈팡질팡하더니
이래저래 꽃 건지러 갈 수가 없단다
차일피일 세월만 흘러야 한단다
피울음 쌓이고 겹쌓인 바다

으흠, 보아하니 올여름도 한바탕
핏빛 적조에 온통 난리 치겠네

* 세월호 사고를 생각하며.

왜, 아직도

자고로 피 흘리지 않은 자유며
힘없는 평화가 어디 있더냐
제 글로 제 이름 석 자 쓰고
우리말로 이름 부르자던 그들이
살이 타고 뼈 꺾여 이슬처럼 사라져갈 때
내로라하던 선지식은 다들 어디에 있었던가
눈길 외면에 입 꾹 다물고
욱일의 망토를 걸쳐 입은 채

죽어도 올 것 같지 않던
눈 쌓인 골짜기 잎은 벌써 푸른데
비상하다 추락한 이념의 잔해는
골병 든 머슴처럼 밤새 신음 앓는
이 땅에는 왜 아직도
방황하는 생각들이 이다지도 많은가
피 묻은 총알도 삭아
뚫린 철모 사이로 싹을 틔우고

뒤돌아보는 고라니의
동그랗게 찍힌 눈동자가 저리 선한데

산문을 나서며

늦여름 떠날 때 잠자리 떼 몰아가고
그 빈터에 초가을이 노을 붉게 깔았다
짝 찾던 장수하늘소 벌써 단꿈에 들었는가
단풍에 취한 산사 얼굴 붉히면
노승의 기침 소리 골 따라 깊어지고
찬 서리에 부도 사리탑 이끼 끌어다 덮는다

목어 찾는 잉어를 연못가에 띄워두고
사천왕 배웅받아 산문을 나설 때면
내 마음 한 자락에도 단청 물이 배어든다

지심도의 봄

갓 피어난 아리따움과
피 끓는 청춘들이며
뭍의 알곡과 땅속의 금붙이
바닷속까지 고대구리로 다 쓸어 가고
만선의 돛을 펄럭이던 바람마저 끌려가
피에 주린 일장기를 흔들어야 했던
서러운 아픔들은 해풍에 삭고
시름없이 또 그렇게 잊혀가는데

한 맺힌 넋들 해마다 이맘때면
망부석에 수를 놓던 새색시의
찔린 손가락 끝 선혈 같은
선홍의 동백꽃으로 다시 피어
현해탄 너머의 망언에 분노하다 말고
무심한 상춘객들 애써 반겨 맞는
지심도의 봄
아, 아, 동백꽃

섬진강 변에서

칠선계곡 선녀 멱 감는 소리에
강물도 잠 못 들고 뒤척이는 여름밤
모깃불 매운 연기 사이로
완장 차고 행세하다 산사람이 된 후
토벌대 형님의 총에 맞아 죽은
지리산의 아픈 가족사가 모락모락 피고
하동포구 칠십 리 길게 누운 모래밭
재첩 같은 아낙네의 걷은 치마 아래로
황소처럼 울음 우는 황톳빛 강물은
가뭄에 소출 적다 부치던 논 빼앗기고
목을 맨 소작농의 핏물처럼 흐르는데
비 내리는 어스름한 강둑에 서서
행락에 지친 차창에다 외치는 소리

'섬진강……
이대로 영원히 흐르고 싶습니다'

악보를 펴다

머리도 몸통도 다리도 있거나 없거나 혹은 둘 셋, 제대로 성한 것 하나 없이 앉은 자리도 높다가 낮다가 성기다가 쏘물다가 패잔병 부대 같은 콩나물 악보, 서로의 다름을 알고 제 위치에 각각 자리매김하고 있기에 저리도 아름다운 노래와 심포니로 울려 나오는 오선지 위의 음표들,

쉼표도 마침표도 없이 질주하는 삶의 연속에서 높은 음자리만 찾고 큰소리만 내려는 사람들과 제각각의 소리, 소음, 잡음들

언제쯤 악보의 콩나물처럼 어울림 소리 되어 울려 퍼질까

새벽 하구

밤새 환락에 지친 불빛들은
자그락거리며 강바닥 자갈을 훑고
살랑거리는 갈잎 하나 물결 가르며
어름날 같이 놀던 물제비 흉내를 낼 때
폐선으로 삭아가는 고깃배는
만선의 영화와 격랑 속의 무용담을
바닷새 서넛과 수다를 떨다
지난날은 덧없다며 마무리하고
끓기 전의 솥처럼 바다가 꿈틀대면
밤새 뒤척임으로 쓸어 담은
조각난 시간 파일의 압축을 풀어 헤쳐
이른 새벽 강변에 흩뿌리며
한 점의 실루엣 배경이 되어가다

무진정 無盡亭 *

세월의 무게가 힘겨웠을까
누가 제 갈 길을 막기라도 했을까
무슨 심사가 얼마나 꼬였길래
어쩜 저리 구불텅 뒤틀렸을까
노송 뿌리도 몸 뒤트는 한낮
연잎 사이로 씨알붕어 유혹하는 인심
한 길 사람 속 모른다며 외면하는 수련
실바람에도 흔들리는 내 마음
못 비운 가슴에 대숲이 서서 울 때
뒤틀어진 노송은 영문 모른 채
굳어진 목 휘어가며 내려다보고 있는

* 경남 함안에 있는 정자.

71

제주에서 젖다

단풍 칠은 어김없이 예까지 이르러
저리 고운 빛깔로 채색될 수 있나 보다
곱게 물들어 가는 우리에게 감사하며
올레길 고사목은 발판으로 태어나고
이른 새벽 까마귀의 부산함에
산담 안의 주인도 기지개를 켜고
가랑비가 삼나무 숲길을 안내하는 아침

시래기처럼 말라버린 우리 가슴에
유채꽃 취나물로 막걸리를 빚어 넣고
어제의 빈자리를 내일로 채웠으니
먼 훗날 오늘이 숙성되어
추억으로 되새김질하는 날이 오면
보기를 꺼렸던 손거울을 마주하고 앉아
각인된 세월들을 기꺼이 반기련다
벗님들아
오늘을 길이 기억하게나

한라산 중턱 오름 해안가 곳곳에
거제의 꽃들이 활짝 피었음을

지곡사*에서

법당 처마 끝 아닌
샘물가에서도 풍경이 저리 잘도 우는데
어찌 깨달음이 깊은 산사에만 있으랴
길 찾아 떠난 길
그 섶에 여장을 푼 지 이미 오랜 천년
선 없이 따라온 끈질긴 사연
미련에 못 끈 폰에 뜨는 통화권 이탈
받아들인 체념으로 한숨 뒤척이는데
새벽 도량찬에 선잠 깬 산봉우리들
홑이불 안개 끌어다 덮고
법당 앞 돌두꺼비도 이끼 끌어당길 때
간밤의 유희를 그리워하는
계곡의 선녀탕을 뒤로 두고
되돌아선 걸음 휘청거릴 때
눈 쌓인 밤 달빛 산책 나온 달마

* 경남 산청에 있는 절.

74

탁발승

허전한 바랑 등에 메고
선장 짚고 요령 울리며
옆집 삽짝에서 염불 몇 줄 외우다
쌀 한 보시기 받아 들고 탁발승 오네
만 원 한 장 들고 두 손 모으니
밥 짓던 아낙 기어드는 소리로
'천 원이면 되는데……'
행여 들을세라 큰 소리로
'노스님 부디 성불하이소'
해진 장삼 가득 겨울바람 품어 안고
노을 지는 고갯길을 겹게 오르는
노승 뒤를 딸려 보낸 마음
한참이나 무겁다

고려 의종* 추모가

서라벌 천 년 영화 에밀레종 울음하고
까마귀 날갯짓에 석류처럼 갈라진 터
황룡사 소나무 깎아 고려왕조 세웠나니

나라를 다스림에 칼과 붓이 다를까
문무간 팬 골이 봇물처럼 터져나니
곤룡도 움직임 멎고 핏빛으로 흐느낀다

거제도 둔덕기성 위리안치 유배 삼 년
키워오던 복위의 꿈 피우지도 못한 채
한 줌의 역사 속으로 저물어간 의종 임금

접동새도 정과정도 임 그리매 함께 울던
주인 잃은 성벽은 이끼 덮고 몸 졌는데
우두봉 바람 소리만 가신 넋을 달래는가

* 의종은 고려 제18대 임금으로 정중부 등에 의한 무신정변 때 거제도 둔덕 기성(폐왕성)에 약 3년간 유폐되었다가 경주로 나가 복위를 꾀하였으나 실패하고 죽임을 당하였다. 그 이전 의종에 의하여 거제도로 귀양을 온 정서가 〈정과정곡〉을 지었고, 이후 거제도로 쫓겨 온 의종과 정서가 조우 한다는 내용의 무용극 〈거제 유배 의종 폐왕무〉의 소재이기도 하다.

굴원*

어부사와 이소로 결백하고 몸 던지니
물고기야 떡을 주마 우국지사 지켜다오
송강**도 사미인곡을 펼쳐 들고 나섰다
오늘이 어제 되고 내일이 오늘 되듯
진秦, 한漢, 당唐, 송宋, 원元, 명明, 청淸이
다시 또 중화 되는
그 연유 백년하청의 양자강은 알고 있다

---

* 중국 전국시대 초나라의 정치가 · 시인. 정적의 모함으로 유랑 생활을 하
던 중 「어부사漁父辭」와 장편 서정시 「이소離騷」를 써서 자신의 결백을
알리고 양자강에 몸을 던졌다. 중국에서 열리는 용선축제는 굴원의 시신
을 온전하게 건지고자 물고기에게 떡을 던져주면서 비롯되었다고 한다.
** 정철의 호. 조선 중기의 문신. 유배 생활 중 임금에 대한 충심을 노래한
「사미인곡思美人曲」 등 시조 백여 수를 남겼다. 문집으로 『송강집』 『송강
가사』가 전한다.

상처 없는 영혼이 어디 있으며
흉터 없는 넋이 어디 있으랴

이승하 **시인·중앙대 교수**

이 땅에 과거제도가 도입된 것이 고려 광종 9년, 서기 958년이었다. 이 제도가 폐지된 것이 갑오개혁(1894) 때였으니 무려 천 년을 지속하였다. 도중에 문제점이 드러났더라면 폐지되었을 텐데, 우여곡절이 없지는 않았지만 어쨌거나 장장 천 년 동안 이어진 데는 까닭이 있었을 것이다. 왕조 시대의 고을 관리가 하는 가장 중요한 일은 세금을 잘 거둬들이는 일과 죄를 지은 이들에게 형평에 어긋나지 않게 벌을 주는 일이었다. 즉, 땅 관리와 인간 관리였다. 그러니까 원님에게 세리와 형리의 권한을 주었던 것인데, 희

한하게도 시를 잘 짓는 이에게 이 권한을 주었다. 추천제를 실시하지 않았고, 권문세가의 자제에게만 시험 칠 자격을 준 것도 아니었다. 양반이라면 공부를 열심히 해 경전 해석을 잘하고, 시를 잘 지으면 과거에 급제하여 관리의 길로 나아갈 수 있었다. 시를 잘 쓰는 이가 세상의 이치를 잘 파악하고, 사람의 심리를 잘 읽고, 경제가 어떻게 돌아가는지 잘 안다고 중국인들과 우리 조상들은 생각했던 것인데, 이 생각이 천 년간 이어졌다는 것이 놀랍고 신기하다.

이 이야기를 한참 하는 이유가 있다. 양재성 시인의 이력이 국내 여느 시인의 이력과 다르기 때문이다. 양재성 시인은 법대를 졸업하고 경상대학교 법무학과 책임교수, 법학박사, 현직 법무사로서 일반적으로 법과는 거리가 멀다고 여겨지는 시를 쓰고 있는 시인이다. 한편 생각하면, 사서삼경의 많은 부분이 '수신제가 치국평천하'를 이야기하고 있으므로 시와 법이 완전히 다르다고 볼 수 없다. 시는 언어로써 세상을 세우고 허문다.『논어』「양화편陽貨篇」에 "詩可以興可以觀可以群可以怨"이라고 나와 있듯이 시는 세상을 비판하는 기능도 한다. 인간사의 희로애락과 생로병사에 시인만큼 민감하게 반응하는 사람이 또 있는가.

아마도 양재성 법무사 혹은 법학박사는 법조문이나 판결문의 딱딱함을 넘어서고자 시의 바다로 항해의 닻을 올린 것일 터인데, 이제부터 그의 항해일지를 살펴보기로 하자.

　날을 갈고 세우며 딴 세상을 그린다
　지우개의 달콤한 유혹도 외면한 채
　한평생 품어온 심지 꺾지 못할 통나무

　이렇게 시작되는 시의 제목은 「HB」, 즉 연필이다. 나무 안에 들어 있는 심이 날을 갈고 세우면 딴 세상을 그릴 수 있다. "살점이 쓱싹 베어지는 아픔 없이는 / 칼날보다 더 날카로운 예지를 벼릴 수 없으니 / 네 뼈를 깎지 않고서야 / 어찌 외진 곳의 신음 소리가 들린다더냐"에 이르면 '펜은 칼보다 강하다'는 고사가 생각난다. 영국의 극작가 에드워드 불워–리턴이 희곡 「리슐리외 추기경」에서 "펜은 칼보다 강하네. 칼을 치우게. 국가는 칼 없이도 구할 수 있네"라고 한 것에서 유래된 이 말은 뭇 독자에게 창작의 고통을 일깨워 준다. 뼈를 깎는 아픔 없이 어찌 훌륭한 예술품이 탄생할 수 있겠는가, 하는 것을 너무나 잘 알기에 "욕

81

조에 머리통이 잠기거나 혹은 / 밀실 철봉에 거꾸로 달려 / 허리 꺾여 혼절해도 굴하지 않을 / 여섯 번씩 모난 너의 이름 HB"로 끝나는 이 시에서 작품 창작을 위한 고통이 출산의 고통, 혹은 군사정권의 권위주의가 팽배해 있던 시절의 부림사건 같은 고통에 못지않음을 시인은 강조한다. 펜이 칼에게 굴복하지 않았음을 상기시키면서 시인 자신이 앞으로 어떤 길을 걸어갈지 이 시를 통해 천명했다고 본다.

침묵으로 저항하며

묵은 빚을 독촉하는 또 다른 나를 쫓아

도망칠 곳 없는 외길 벼랑 끝에서

종기를 진주로 연금하는 조개의 마법인 양

우윳빛 혈관 속의 메스꺼운 삼투압

만신창이 된 넋을 링거 줄로 결박한 채

적분된 찰나를 하루치씩 덜어내어

방울방울 파장으로 미분하며 지새우는 곳

첫사랑처럼 사미계도 없이 사라져간

찰랑거리던 머리카락의 기억들을 모아

휠체어로 타래 삼고 쪽을 짓는 꿈
가뭄처럼 증발하는 피골과 패인 안구로
헝클어진 유전자의 매듭을 풀어가는
갠지스 강변의 구도자를 닮은 사람들
—「C 병동」전문

　암 병동에서 투병하는 사람들은 대체로 회복을 꿈꾸기
보다는 연명에 가까운 나날을 산다. 버틴다. "만신창이 된
넋을 링거 줄로 결박한 채 / 적분된 찰나를 하루치씩 덜어
내어 / 방울방울 파장으로 미분하며 지새우는 곳"이 암 병
동이다. 그러나 환자들은 "첫사랑처럼 사미계도 없이 사
라져간 / 찰랑거리던 머리카락의 기억들을 모아 / 휠체어
로 타래 삼고 쪽을 짓는 꿈"이란 구절에 나와 있듯이 일말
의 희망을 버리지 못해 발버둥이를 친다. 어떤 이는 죄가
무엇인지도 모르고, 그것을 범하지도 않고 젊은 시절을 보
냈건만 지금은 휠체어 신세를 지고 있다. 갠지스 강변의
구도자들처럼 삶과 죽음이라는 비밀 앞에서 숙연해진 그
들. 갠지스 강변 한쪽에서는 시체를 태우고 그 시체를 수
장하는데 다른 한쪽에서는 그 물로 목욕을 하고 빨래를 한

다. 그런 소란 속에서도 수행을 하고 고행을 하는 사람들이 있다. 이런 덧없는 희망과 최후의 집념은 「화살」「기포, 그 두려움」「꿈꾸는 발효」 등에 잘 나타나 있다. 이 가운데 한 편을 보자.

간밤에 머리맡에 떠둔 자리끼

투명한 유리잔 벽에 맺혀

진주처럼 혹은 암세포처럼

점점 커져가는 기포들

공간을 감쪽같이 숨겨 온 물과

물속에서 저런 우주를 만드는 기포에의 경외

아, 매일 밤 저 물을 마셔온

내 안에도 이미 자라고 있을

배신의 음모처럼 알 수 없는 두려움

달리 열 받음 없이도

소리 흔적 없이 떠나버릴

결코 붙들어 맬 수 없는 투명의 공간

허망인지 희망인지조차 모를

내 안의 거품, 거품들

－「기포, 그 두려움」 전문

기포는 물속의 방울이므로 금방 터져버린다. 화자가 거의 매일 밤 머리맡에 두고 마셔온 물에서 생긴 기포다. 즉, 자리끼다. 물의 기포는 "투명한 유리잔 벽에 맺혀 / 진주처럼 혹은 암세포처럼 / 점점 커져"간다. 투명한 기포에서 진주와 암세포를 동시에 보는 시인의 인식 속에는 탄생의 경이로움과 죽음에 대한 두려움이 함께 자리 잡고 있다. 기포에 대한 시인의 상상은 곧 우주로 향한다. "공간을 감쪽같이 숨겨 온 물"과 "물속에서 저런 우주를 만드는 기포에의 경외"로 미루어 보건대 아주 많은 생명체가 바다에서 탄생한 것을 얘기하고 있음을 알 수 있다. 시인은 이렇게 작은 기포에서 생명현상과 죽음현상을 보면서 희망과 허망을 동시에 앓고 있다. 자, 이제 화자는 '허망의 거품'을 만들 것인가, '희망의 거품'을 만들 것인가 하는 기로에 서 있다. "기한 넘은 막걸리며 김빠진 맥주가 / 거품처럼 사라저간 효모를 기다리며 / 내일의 발효를 꿈꾸는"(「꿈꾸는 발효」) 것처럼 화자는 막걸리나 맥주로 비유되는 서민들이 겪는 불공평한 현실에 저항하고 분노하면서도 한편 그래도 보다 나은 내일을 꿈꾸며 살아가기로 한다. 시는 어느 덧 시인의 내면세계 고찰에서 외부세계 관찰로 나아간다.

　　배회하는 공원의 장기판과

　　무료 급식소 국밥으로 때운 허기는

　　반년짜리 현장 인부 모집 광고지의

　　붉은 글자마저 흐릿하게 덮은 혈당

　　벌써 구면이 된 사람들이 하나둘씩

　　지하도며 대합실로 박스 깔고 눕는 시간

　　집 골목 어귀에서 그림자 뒤로 숨어

　　일 나갔던 아내와 아이들을 지켜보다

　　구겨진 넥타이를 다시 고쳐 매고

　　내일부터 장기 출장이라며 들어서는 저녁

　　　－「장기 출장」 후반부

　장삼이사의 세상살이가 만만치 않다. "양복을 지하철 보관함에 사려 넣고 / 일당 잡부로 화장실을 나"서는 사람 이 어디 한둘일까. 잡부는 일을 시키는 사람이 있어야 일 당을 벌 수 있다. 공원의 장기판을 배회하고 무료 급식소

국밥으로 한 끼를 때우고 지하도며 대합실에서 박스 깔고
자다가 집에 들어가서 내일부터는 장기 출장을 가게 되었
다고 거짓말하는 가장의 딱한 처지를 다룬 이런 시는 마땅
히 민중시라고 해야겠는데, 과거의 민중시가 다루지 않은
화이트칼라의 세계를 다루기도 한다.

　　사노라면
　　졸라매야 할 데가 어디 하나둘이던가
　　머리띠부터 신발 끈이며 허리띠까지
　　쌓이는 압박과 늘어가는 눈치에
　　출구를 향한 몸부림과 분노는 사라지고
　　비에 젖은 참새처럼 쪼그라든 가슴엔
　　어느새 체념이 똬리를 튼 지 오래
　　단잠에 든 처자들의 얼굴이
　　곡마단의 관객처럼 오버랩 되어 오는
　　외줄 같은 내일의 거울 앞에서
　　이제는 풀려날까 두려워
　　이른 새벽부터 제 스스로의 목에
　　칭칭 동여매고 나서는 질긴 쇠사슬

－「넥타이」부분

　블루칼라는 공장노동자의 복장을 상징하는 색깔이고 화이트칼라는 사무직 종사자를 상징하는 색깔이다. 공장에서 땀을 흘리는 노동자만 고생하는 것이 아니다. 사무실에서 각종 숫자와 통계와 기안 서류와 씨름하는 화이트칼라도 "쌓이는 압박과 늘어가는 눈치에 / 출구를 향한 몸부림과 분노는 사라"져버렸고 "비에 젖은 참새처럼 쪼그라든 가슴엔 / 어느새 체념이 똬리를 튼 지 오래"다. "명예는 사라진 명예퇴직자로 밀려나고 / 조직표에서 삭제된 이름 석 자"(「늪」)이니 졸지에 실업자가 된 또 한 명의 화이트칼라 얘기다. "구직자 명부에서 졸업사진처럼 바래가는 / 붙잡을 곳 하나 없는 삶의 내리막길"에 서 있는 화이트칼라는 공사판으로 갈 수도 없다. 기술도 없으니 전직이 거의 불가능하다. 치킨집이나 식당을 차려본들 오래 버티지 못하고 퇴직금을 날리기 십상이다. 명퇴한 이들의 "낡은 단청처럼 핏빛으로 묻어나는 / 겨울 한파 속의 볼 시린 꿈"이 애처롭다. 시인의 또 하나의 관심사는 노인 문제다.

아, 치매라는 것이

숨을 거둘 순간까지도

차마 자식 걱정에

편히 눈 못 감을 줄 알고

이제 다 내려놓고 잠시 쉬다 가시라는

어여삐 여긴 신의 섭리요

갸륵한 배려인 것을

나 이제야 알았습니다

 ―「치매라는 이름」 후반부

반백이 넘게 품은 알들은 깨어

푸른 날갯짓으로 퍼덕이며 떠나고

깨진 껍질 잔해처럼 앙상한 등골과

말라버린 우물처럼 붙은 젖가슴

이따금씩 스치는 바람 같은 서운함과

천근의 무게로 오는 뼈마디

 ―「노모차」 전반부

우리나라 치매 환자의 수가 어느 정도인지 모르지만 내 주변의 여러 어르신네가 아내가(혹은 남편이) 치매에 걸렸다, 치매를 앓는다, 정도가 심하다는 등의 얘기를 전해주신다. 온 가족의 고충을 들으며 혀를 차기도 하고 힘을 내라고 말해주기도 하지만 다 부질없는 짓임을 나 자신이 잘 알고 있다. 노인분이 넋이 나가면 불가항력이고 속수무책이다. 그런데 시인의 생각은 좀 다르다. 한평생 자식 걱정만 해온 노인네들이 이제는 그 걱정일랑 잊고 살아가라는 신의 섭리요, 배려라는 것이다. 아닌 게 아니라 가족은 마음도 몸도 지치지만 치매 노인 당사자는 힘도 세지고 잘 먹기도 하고 큰소리도 친다고 한다. 「노모차」는 쇠약해질 대로 쇠약해지고 사지에 기운이 빠져 혼자 힘으로는 걸을 수 없는 노인이 노모차(아기를 태우고 가는 유모차를 노인이 지팡이 삼아 끌고 가는 경우가 많은데, 그러한 유모차를 일컫는 일종의 조어인 듯하다)를 잡고서 밀고 가는 모습을 바라보는 시인의 안타까운 시선이 담겨 있다. 양재성 시인의 시를 읽고 있노라면 천재 시인 랭보가 했던 말, "상처 없는 영혼이 어디 있으랴" 하는 명구가 떠오른다. 양 시인의 시에 대해서는 "흉터 없는 넋이 어디 있으랴"라는 말을 해주고 싶다. 치매 노인은 지난 시절의 온갖 풍파를 다 잊고 망각의 세계에 들어가 버린 것이고, 병약한 노인은 노모차에 의지해 걸음을 옮기고 있다. 우리 모두의 먼 훗날의 초상인 것이다.

　제2부의 시는 스펙트럼이 워낙 넓어 무어라 규정하기가 어렵다. 「나비경첩」이나 「송화」 「대나무」 같은 전통문화의 유습을 살핀 고풍스런 작품, 「오징어」 「귀천 행렬」 「독백」 같은 생명체의 생명의식에 대해 고찰한 작품, 「저울」 「예감, 그 후」 「고질병」 「하현달」 같은 형이상학적 존재론에 입각해서 쓴 작품들이 있다. 해설자는 이런 시에 대한 이해는 독자의 몫으로 남기고 직업의식이 느껴지는 작품을 살펴보려고 한다.

　　명백하다
　　계약 아님은
　　사무관리 부당이득
　　또는 불법행위인가
　　아니면 단순한 사건 사고인가

유상 무상 편무 쌍무도

증여 교환이나 대차도 아니며

조건도 기한도 없는,

단순 호의도 아니요

달리 이득이나

딱히 손해의 주장도 없는

무효나 취소의 요건조차 사라진

딜레마에 빠진 만남

―「딜레마에 빠지다」 전문

법률 용어가 많이 나와 이해하기가 쉽지 않다. 딜레마에
빠진 '만남'이란 혹 시인과 독자와의 만남인가? 아니면 남
과 여의 만남인가? 부부간의 만남을 어마어마한 법률 용
어로 풀어나간 재미있는 시가 있다.

가혹한 심문과 수사 끝에 공개재판정에서의 선고는
가석방 없는 무기수, 이십 년 넘게 지속된 방랑 속 범행
의 종지부를 찍고 시작된 수감 생활, 빠삐용과 쇼생크의
탈출을 기도하던 음모는 번번이 중지미수로 끝나고, 그

러다 노트르담의 꼽추 혹은 쌍봉낙타처럼 등에 혹이 한
둘 달리면서 어느덧 장애미수로 변질되었고,

　강제 노역과 고문으로 얼이 빠져나간 가여운 사내의
넋은 고성능의 진공청소기 속에서 분쇄되고, 나날이 반
복되는 각성으로 쌓여가는 참회의 낟가리, 겨울잠을 자
다 삽날에 두 동간 난 채마밭의 지렁이처럼 아직도 살아
꿈틀거리는 미련,

　항시 수감자임을 자각케 하고 이를 증명하듯 걸린 현
장검증 사진 속의, 포획된 맹수처럼 얼어붙은 무기수 사
내와 야생의 늑대를 충직한 사냥개로 길들일 채찍을 드
레스 속에 감춘 처녀 조련사의 야릇한 미소
　아, 혼인 선고문이 낭독되는 순간부터 그는 이미 탈옥
에의 불능범
　─「불능범」 전문

　으악, 이런 끔찍한. 이런 혹독한. 이 시를 진작 읽었더라
면 결혼을 하지 않았을 텐데, 후회막급이다. 들판에서 늑

대처럼 야생의 삶을 살던 남자가 결혼한 그날부터 "야생의 늑대를 충직한 사냥개로 길들일 채찍을 드레스 속에 감춘 처녀 조련사"에 의해 길들여져 가는 것이 결혼 생활이라니, 아니 불능범이 되는 것이 결혼 생활이라니, 세상의 모든 공처가들은 부부지간 유지를 다시 생각해볼 일이다. 엄처시하에서 버티느냐, 자유인이 되느냐. (이상은 시인의 농담을 흉내 내본 것이니 오해하지 마시라.)

쏟은 그리움과
받은 아픔의 대가라며
미운 소금으로 버무려
가슴 깊숙이 꼭꼭 다져 넣고
젓갈처럼 뼈마디가 죄다 삭을 때까지
결단코 한사코 비켜나지 않을
슬픔 가득한 너의 눈동자
─「유치권」 전문

유치권留置權은 '다른 사람의 물건이나 유가증권을 담보로 하여 빌려준 돈을 받을 때까지 그 물건이나 유가증권을

맡아둘 수 있는 권리'를 가리킨다. 그런데 시인은 이런 딱
딱한 법률 용어를 가져와서 슬픔에 잠긴 너의 눈동자를 노
래하고 있다. 원망을 동반한 그리움, 미움이 내재된 안타
까움. 내 마음속에 넣어두지만 결코 잊어버릴 수 없는 그
눈동자. 이 시야말로 시인의 장기가 가장 잘 발휘된 시가
아닐까. 그래서 양재성은 직업이 법무사일 뿐 천상천하에
유아독존인 시인인 것이다.

제3부의 시는 여행시에서 출발한다. 1988년 해외여행
자유화 조처 이후에 우리나라 사람의 해외여행은 수많은
여행기와 여행시의 탄생을 가져왔다.

생명과 바위를 모래 먼지로 부수고
독차지한 태양을 굴리는 사막의 바람
넓적한 네 발자국을 업보인 양
모래 위에 찍고 지우기를 수천 년
태양을 잉태한 척추를 뚫고
신의 저주처럼 자라난 쌍봉 사이로
신기루 따라 사라져간 사막의 석양

일어설 수 없는 죽음 앞에 애처롭던
젖은 눈의 동공마저 독수리 따라가고
대퇴골과 실성한 두개골만 남아
닳아 시린 틀니를 식히는 곳
－「몽골 사막에서」 앞 연

청마의 발길 따라 나선 북만주 길
요절한 윤동주의 서시를 무심히 뇌까리며
심드렁 지친 발걸음이 닿은 곳
중국 인민 음악 영웅 정률성기념관

(중략)

방황하던 북만의 젊음을 뒤로하고
연어처럼 회귀하여 스승의 길을 걷다
둔덕골 양지바른 언덕에서 깊이 잠드신
옛 청마를 찾아 나선 하얼빈 언저리에서
－「매기의 추억」 부분

앞의 시는 여행지가 준 강렬한 인상을 스케치한 전형적인 여행시다. 청마 유치환의 「생명의 서」 이래로 사막을 공간적 배경으로 한 시가 적지 않게 탄생했는데 예전에는 상상 속의 사막, 영화 화면 속의 사막이었던 곳을 이제는 직접 가서 보고 쓸 수 있게 되었다. 시인은 사막에 가서 수천 년의 시간과 태양의 강렬한 햇살이 생명과 바위를 모래먼지로 만든 것을 확인한다. 쌍봉낙타가 해가 뜨고 지는 시간에 맞춰 수천 년간 사막을 가로지르고, 독수리는 죽은 생명체의 눈을 양식 삼으며, 모든 생명체가 결국 몇 개의 뼈로 사막에 남는 허무의 공간을 시인을 보고 있다. 그리고 나 자신의 육신이 얼마나 왜소한 것인지를 새삼스레 생각한다. 진정한 나 자신을 만나는 것이다. 뒤의 시는 일제 강점기 때 북만주와 하얼빈에 가 있던 유치환의 발자취를 더듬어보고 나서 쓴 시다. 이 시도 현지답사의 산물일 테니 발로 쓴 시라고 할 수 있을 것이다.

경남 거제시 소재 지심도는 지금 관광지로 이름이 높지만 일본군의 잔재가 많이 남아 있다. 일본군 포기지, 활주로, 일장기가 걸렸던 국기 게양대, 서치라이트 등이 아직도 남아 있는데 시인은 섬에 가서 "만선의 돛을 펄럭이던 바람마저 끌려가 / 피에 주린 일장기를 흔들어야 했던 / 서러운 아픔들"(「지심도의 봄」) 하면서 지심도의 역사적 의미를 탐색하고 있다. 시인은 거제도 둔덕기성(폐왕성)에 3년 동안 유폐되었던 의종(고려 18대 왕)을 시조를 써 추모하기도 하고, 경남 산청에 있는 지곡사에 가서 "눈 쌓인 밤 달빛 산책 나온 달마"(「지곡사에서」)를 상상 속에서 만나기도 한다. 「제주에서 젖다」 같은 시에서는 "한라산 중턱 오름 해안가 곳곳에 / 거제의 꽃들이 활짝 피었"다고 하면서 두 섬의 인연을 들려주기도 한다. 이런 일종의 여행시 가운데 섬진강 기행은 한국 현대사의 아픔이 응축되어 있다. "가뭄에 소출 적다 부치던 논 빼앗기고 / 목을 맨 소작농"은 왕조시대에도 있었고 일제강점기 때도 있었다. 이 땅에서 도저히 살 수 없는 지경에 이르러 북만주로, 연해주로 남부여대하여 이주해 갔던 것이다.

칠선계곡 선녀 멱 감는 소리에
강물도 잠 못 들고 뒤척이는 여름밤
모깃불 매운 연기 사이로
완장 차고 행세하다 산사람이 된 후

토벌대 형님의 총에 맞아 죽은

지리산의 아픈 가족사가 모락모락 피고

하동포구 칠십 리 길게 누운 모래밭

재첩 같은 아낙네의 걷은 치마 아래로

황소처럼 울음 우는 황톳빛 강물은

가뭄에 소출 적다 부치던 논 빼앗기고

목을 맨 소작농의 핏물처럼 흐르는데

비 내리는 어스름한 강둑에 서서

행락에 지친 차창에다 외치는 소리

'섬진강……

이대로 영원히 흐르고 싶습니다'

－「섬진강 변에서」 전문

이데올로기가 무엇이기에 형제가 서로 총부리를 겨눈 전쟁이 한국전쟁이었다. 전쟁 전에는 여수순천반란사건, 대구 10·1사건, 제주도 4·3사건 등이 일어나 수많은 사람이 죽었다. 전쟁 중에, 또 후에 지리산 일대에서는 파르티잔(빨치산)이 준동하여 정말 엄청난 인명이 죽어갔다. 동

생은 완장 차고 행세하다 산사람이 되었다가 토벌대 형에
게 죽은 사건은 실화일 것이다. 부자가 원수가 되기도 하
고 형제가 적과 아군으로 나누어 싸웠던 역사의 상처를 시
인은 들춰내고 있다. 역사의 상처만 들춰내는 것이 아니
다. 세월호 사고를 생각하며 죽어간 아이들을 애도하는 시
를 쓰기도 한다.

  행여 혼이라도 날까 봐

  아니면 돌아오는 길을 잊은 게로구나

  애들아, 애들아……

  이제 그만 나오렴

  너희들이 어떤 모습으로 나와도

  설령 모든 걸 다 잃고 이름표만 돌아와도

  우리에게는 예쁜

  그저 사랑스럽고 예쁘기만 한

  어여쁜 꽃이란다

  ㅡ「꽃」 부분

  속절없는 꿈처럼 펄럭이는 리본들

끝없는 기다림과 망연함

시간마저 멎은 통곡의 바다

오늘도 바람이며 파도가 높단다

시종 우왕좌왕 갈팡질팡하더니

이래저래 꽃 건지러 갈 수가 없단다

차일피일 세월만 흘러야 한단다

피울음 쌓이고 겹쌓인 바다

으흠, 보아하니 올여름도 한바탕

핏빛 적조에 온통 난리 치겠네

　　－「기상예보」 후반부

　세월호 사고가 참으로 가슴 아픈 것은 3백 명이 넘는 사망자와 실종자 대부분이 어린 학생이라는 것과 지금까지도 제대로 사과한 사람이 없다는 것, 사건이 일어났을 때 무슨 이유인가로 제대로 대처하지 않고 오랜 시간 수수방관했다는 것 등이다. 시인은 언론인이 아니어서 신문 기사를 쓰듯 시를 쓰지 않는다. 아버지의 심정으로 아이들을 애타게 부른다. 바다가 너무 아파서 올여름에도 핏빛 적조를 띨 것이라고 말해준다. 세월호 사건 이후, 죽은 이들을 위한 추모시가 많이 씌었지만 이보다 더 감동적인 시(「꽃」)가 있으랴. 이보다 더 비판적인 시(「기상예보」)가 있으랴. 거제도가 낳은 거제의 시인이라서 바다에서 죽은 아이들이 더욱 가슴 아팠던 것이리라.

다시 말하거니와 양재성 시인은 거제도의 시인이다. 시인이 나고 자란 곳 혹은 삶의 근거지가 된 곳은 시의 모태가 되는 곳이기도 하다. 누구보다 잘 아는 곳, 누구보다 익숙한 곳, 그래서 시인은 고향이며 거주지를 누구보다도 잘 이야기할 수 있다. 매일 봐서 어느덧 익숙해져 버린 곳에서 새로운 발견을 한다면 거기에서 시의 분수령을 볼 수 있을 것으로 본다. 처절한 역사의 현장인 포로수용소가 있던 거제의 시인으로서 앞으로 해야 할 일, 써야 할 시가 적지 않다고 본다. 제3시집, 제4시집에서 시인의 넋이 활활 타올라, 시의 혼불이 되기를 기원한다.